Juro que não vou gritar

Juro que não vou gritar

Patrícia Berton

alameda

Grafia atualizada segundo o Acordo Ortográfico da Língua Portuguesa de 1990, que entrou em vigor no Brasil em 2009.

Edição: Haroldo Ceravolo Sereza
Editora assistente: Danielly de Jesus Teles
Projeto gráfico e diagramação: Danielly de Jesus Teles
Assistente acadêmica: Bruna Marques
Arte da capa: Henrique Theo Möller
Revisão: Alexandra Colontini
Imagem da capa: Fotografia de Pedro Verissimo

CIP-BRASIL. CATALOGAÇÃO-NA-FONTE
SINDICATO NACIONAL DOS EDITORES DE LIVROS, RJ

B462J

BERTON, Patrícia
Juro que não vou gritar / Patrícia Berton. - 1. ed. - São Paulo : Alameda, 2019.
; 21 cm.

Inclui bibliografia

978-85-7939-607-6

1. Poesia brasileira. I. Título.

19-55696 CDD: 869.1
CDU: 82-1(81)

ALAMEDA CASA EDITORIAL
Rua 13 de Maio, 353 – Bela Vista
CEP 01327-000 – São Paulo, SP
Tel. (11) 3012-2403
www.alamedaeditorial.com.br

Para Roberto Cirani, que sempre me disse para escrever

Prefácio

Joselia Aguiar

Em versos e *shortcuts* – registros feitos como num diário íntimo –, a narradora atravessa seus afetos e vazios recorrentes, entre o drama, a nostalgia e o humor ainda que contido, mais irônico que desbragado.

Aqui a filha se torna mãe e continua a carregar a adolescente que foi, namorados e maridos se confundem, e mesmo que as paisagens se modifiquem, entre o sul, a metrópole e o estrangeiro, o lugar interior permanece, a angústia persiste no passar da década.

Anotar parece a saída, em "bilhetes amarelos, laranjas e rosas espalhados pelo carro, na agenda, grudados no computador para não desperdiçar as ideias." Anotar acasos, enganos, lembranças, dores e desejos.

Entre bobagens, o dilacerante. O dia em que o astrólogo garantiu o casamento gringo e uma vida de sabedoria. Mas a mãe se enganara. "A hora em que eu nasci/Não era às 8, mas quase ao meio-dia". O dia do enterro da mãe, com "o frango com batatas para o almoço às 11h30 antes do velório". Um ano após sua morte, a lembrança-desabafo. "querida mãezinha/você nunca gostou de nada de mim – talvez só da minha cicatriz,/do corte que abriu uma segunda boca na minha boca quando eu tinha 5 anos."

Na angústia que persiste, os papéis são versáteis e para muitas ocasiões se recorre a disfarces: com a criança que pode adoecer a qualquer momento, o diálogo trata de Shiva, e para a reunião no escritório há de se vestir de mundo corporativo.

No olhar que classifica o mundo, há lugar para leveza e crítica social. Na praia cheia de "gáutchos", biquínis grandes e bundas idem. No Hopi Hari, "todos bonitos, ricos, brancos e fleugmáticos,/ Um estacionamento cheio de carros importados/ pretos, caros, bregas". Nos parceiros, certa monotonia em seus cansaços e gestos. Quando não estão ausentes, erram em suas tentativas. Como aquele "homem gentil/que sempre diz o que eu TENHO de ouvir".

Mas o olhar dessa narradora menina-mãe é aquele que sobretudo faz o mais duro julgamento de si mesma, "por não ter estudado/por ter gastado muito dinheiro/e dado meus telefones". E que a certa altura admite: "Se eu pudesse eu pararia/Não seria mais católica/Nem gaúcha/Nem do bem". Adiante, a constatação, o sentido da escrita, contra o que se insurge: "A ausência de sentimentos é o que mais/Me perturba".

miragem

as aulas eram sobre o que é realidade e o que não é
e bem no meio disso tudo
eu caí no conto da sua sedução

mais um homem sem forma
mais uma vez me encho de coragem
e caio de boca no chão

eu gostaria de reclamar
mas sei que devo
agradecer

mais uma bolha de ilusão, um bolha (você),
uma miragem
e eu fantasiando que daria risadas de felicidade

não conte comigo
eu não aguento
gente sem forma

você bem que tentou
fingiu bem
corpo forte, olhos límpidos

mas ah!, era tudo bobagem
minha ilusão de toque
intimidade e gozo

pronto. juro que você é a última bolha
não é possível
uma mulher tola assim

cresci e vou seguir
ninguém virá me salvar
vou soltar a borda da piscina e boiar

fazia muito tempo

fazia tempo que eu não tomava uma cachacinha
que eu não dançava feliz
que eu não era abraçada com volúpia
por um desconhecido
fazia tempo que eu não emagrecia
que eu não morria de rir
que a saia preta não servia
e eu ando tonta de feliz
tonta de forte
tonta de medo
eu respiro
e penso na cabana
onde quero ficar quieta
meditando com as minhas preces
e morrendo de rir
eu tô tão feliz
como fazia tempo
desde que eu nasci
eu não andava ria vivia assim.

fúria

sou ferida
lido bem com isso
mas quando me ferem de novo
me enfureço

tenho medo
da minha fúria
e de ferir qualquer um

a raiva me põe em transe
uma fúria assassina
que me mata pouco a pouco

parei de chorar
e não vou mais sofrer
como é vão enlouquecer assim

vem um medo colossal
de passar por esta vida
sem nunca ter sido amada

de viver uma vida vã
sem amor sem prazer
me esquecendo de celebrar o bom e o ruim também

remando sozinha

a minha raiva
é estar sozinha
cuidando da casa dos filhos do ódio deles

mau humor de filho
é como uma faca
enfiada na boca do estômago

meu saco foi à lua
e voltou
e eu ainda tenho raiva
de você

eu j-a-m-a-i-s
teria sido mãe solteira
eu n-u-n-c-a
quis ser mãe solteira
eu o-d-e-i-o
ter de ser forte
    independente
    sábia
    prática
    e bem humorada

mãe NUNCA é só
mas parece que eu
fiquei remando sozinha

tô cagando pro quanto você ganha
e pro que você faz
mas não consigo parar de te odiar

tenho asco de mentira traição abandono
e morro de medo
de encontrar um igual a você

tipos

não sou do tipo
caga-regra

não aguento ficar
24 horas dando ordens

mas não sei o que fazer
com filhos que precisam
dormir
acordar
estudar

casamentos terminam
mas a maternidade, não

a casca

comecei a correr devagarinho
e minha respiração me acompanhou tranquila
e eu, surpresa, fui olhando pra frente
e não pra baixo como sempre
e senti uma casquinha quebrando
como se eu estivesse saindo de um ovo.

ontem fez dois anos
que tanta coisa mudou
e hoje, dois anos atrás,
estávamos todos perplexos nos arrumando para o teu enterro
a ana fez um frango com batatas para o almoço às onze e meia
afinal não podíamos nos atrasar para o começo do teu velório.

eu acho que em todos os dias desses dois anos
eu pensei em ti pelo menos um pouquinho
e ri e senti a tua falta.

te ver morrendo envelhecendo dez anos em trinta dias
tua bunda torta daquela cama de hospital
foi duro e doce e quente e molhado
e hoje a casquinha quebrou
porque chegou a hora de eu nascer para o mundo
depois da fase quadrúpede que durou quase quinze anos

(mulheres quando têm filhos deixam de ser bípedes
e se tornam quadrúpedes, será que comentei isso
contigo?).

vou andar como um bípede
olhando pra frente
de peito aberto
olhos atentos
coração quente
para muito ar entrar e sair de mim.

(para a minha mãe)

os dias parecem séculos sem escrever

vou espalhando bilhetes
amarelos, laranjas e rosas
pelo carro, na agenda, grudados no computador
as inspirações vêm
e ficam no papel

ela me conta que o marido encontra tempo pra tudo
e que é chamado pra mais coisas ainda
porque "quem não tem tempo é muito eficiente"
e eu penso em como eu tenho nojo de não ter tempo
e nojo de correr
e nojo de ver que há dias não escrevo

dona rosa fez um bolo fabuloso
que eu não comi
acabo de colocar os meninos na cama
a família está maior
com Quique e Nacho
os meninos da Costa Rica
que estamos hospedando

sinto uma alegria macia
um tipo que nunca tinha sentido
de ter esses meninos em casa
quando penso em quantas casas de família
já dormi quando viajava com a escola
devem ter sido muitas viagens

porque meu pai reclama até hoje
que passou pouco tempo com os filhos
que viajavam demais, quase todo sábado e domingo
e no meio disso tudo
eu trabalho feito louca
pra deixar tudo organizado
pras fabulosas férias que terei

dia desses a chuva lavou o meu carro
e eu ia dirigindo e me atrasando cada vez mais
com a lentidão dos carros
que lotavam a estrada
e pensava que minha falta de ar
seria inútil
e então o dia encharcado foi passando
e eu tomei os três melhores chopps
dos últimos tempos
com os meninos que eu não via havia uma década
cheguei em casa sem ar
não de aflita, mas de atrasada
porque tinha de render a doce Nalva

depois fiquei pensando
mas que bobagem achar que meus filhos
não podem dormir um pouco
enquanto eu dou gargalhadas
bem pertinho de casa

e então como se fosse um pó mágico
me lembrei aliviada
que existem pessoas que fazem sentido
tanto sentido
mas tanto
que eu fiquei com cara de boba

fico olhando pro meu silêncio quase besta
e tenho a impressão de que não sou eu
ou sou eu com *upgrade*
com as pantufas de oncinha
e a cerveja gelada
e o silêncio poético do ronco das quatro crianças
que dormem

pedacinhos de alegria

— tita, antes de qualquer coisa, devo dizer que o escritório melhora muito com a sua presença!

diálogo entre mãe e filho

— o deus que eu mais gosto é shiva.
— por quê?
— porque o cabelo dele é da hora, e porque ele é vidaloka. a mulher dele tem duas formas. uma normal, outra quando ela fica irritada.

lava-rápido

— cera, madame?

fico pensando, e acho que sim, que é lavagem com cera. ele tinha se inclinado para falar comigo, como uma pessoa faria para falar com uma madame. por que ele acha que sou uma madame? não sei. mas foi fabuloso.

simples

ela diz que não quer ter filhos. odeia trocar fraldas com cocô.

realeza

parecia uma rainha. fomos ao parque fazer um piquenique com as crianças. e ela, que esteve doente, ainda se sentia cansada. sentou-se numa sombra, e lá ficou. linda, lúcida e feliz.

(para Flavia Renault)

as férias da mãe

a mãe quando viaja só
tira férias de uma parte da vida dela
e por uns dias
usa os seus olhos
só pra enxergar pra ela (e não para os outros)

quando a mãe viaja só
ela dorme um sono diferente
e quando acorda vê uma luz diferente
porque não precisa cuidar de ninguém
além de si

quando a mãe dança sozinha
ela reclama de ser uma mulher avulsa
mas pelo menos não chora mais
dança até doer o pé
mas isso é pra manhã seguinte

quando acorda mansa,
ri de alegria
e lembra daqueles rapazes que sumiram
altos e baixos, narigudos, magros ou gorduchos
que dançavam com ginga e com doçura

a mãe quando viaja só
esquece de comer
toma mais cerveja
caminha mais

e senta-se mais também

talvez não seja a viagem nem a festa
mas ela própria, mudando
deixando a vida menos dura
e mais divertida.
muito mais.

rumpelstilzinho

a lucidez dói
e parece me cortar ao meio
como na história do rumpelstilzinho
em que o anão, de tanta raiva, se parte em dois

mas minha raiva
vem de repente
como as contrações que senti quando minha filha
nasceu

e quando a raiva passa
sinto meu abdômen firme seguro inteiro
e uma tristeza que me arrebenta

o fedor

olho no relógio
são só dez
e os minutos se arrastam feito lesmas
um peso curva meus ombros
um ódio cerra a minha boca
uma dor molha os meus olhos
me sinto só

o barulho da panela de pressão
e o cheiro do feijão cozinhando
colocam meus pés no chão
mesmo minha cabeça não estando na terra hoje
ela foi pro céu
pra muito muito longe
onde só os que não aguentam mais chegam

um sentimento fúnebre
o cheiro da morte
daquelas flores medonhas
das coroas cafonérrimas
de quando meu avô morreu
aquele fedor doce
entranhou na minha memória
e eu nunca mais esqueci

um cheiro de podre
de coisa que não presta mais
amores velhos

carinhos rotos
sorrisos gastos
não quero

comprei o anel com pedra bege
mandei aquele homem disforme pastar
chorei com o meu abandono
e cansei de atender esse telefone

nunca tem nada novo
nunca tem nada bom
tudo fede
a podre
e a feijão sendo cozido na panela de pressão

marina

marina pra mim
é o nome mais doce que existe
porque quando eu era muito pequena
minha mãe me levou a uma festinha
na casa da marina
e lá tinha um ganso ou um pato

a marina era uma menina meiga tímida e magrinha
eu só não lembro de onde eu a conhecia
jardim de infância? pracinha? vizinha?
e o pato ou o ganso fazia muito barulho
um barulho ensurdecedor
que eu nunca esqueci

tudo

tudo o que eu posso dar pra você é um beijo delicioso
e dizer que minha vontade de sexo é imensa
mas não posso dar muito mais

tudo que eu posso dar pra você inclui medo de
paixão
medo de amor medo de gostar
medo de sentir saudade medo de não aguentar

e se teu beijo for melhor ainda?
e se tuas mãos forem mais quentes ainda?
e se eu morrer de saudade do teu riso?

e se eu disser que te amo e você achar um saco
ouvir isso?
e se eu quiser ir embora pra nunca mais te olhar?
e se eu me ferrar?

meu medo maior é esse, morrer de amor
e descobrir que tudo não passou de um equívoco
uma bobagem uma vontade um tesão

porque como você diz, eu sou muito razão
e eu digo que você
é muita delinquência juvenil

se você não fosse delinquente juvenil
eu nunca teria te beijado

eu nunca teria morrido de vontade de ficar mais
perto
eu nunca teria tido medo de gostar demais

mas nunca se gosta demais
gostar é absoluto: sim ou não
e eu gosto

e nem provei teu gosto
nem senti teus cheiros
nem te beijei de manhã
nem dormi sobre o teu braço

eu juro que eu não vou gritar

meu bem
para sua surpresa
eu não vou gritar
eu vou dormir

meu bem
eu coloquei uma calcinha linda
passei um creme maravilhoso
e vou dormir

meu bem
eu vou chorar
mas não vou fazer barulho
eu vou dormir

meu bem
eu pensei que a gente ia se enroscar
namorar
mas vou dormir

meu bem
por que eu sempre quero o que você não tem?

a semana

quinta-feira
eu como minha comida preferida
abençoada por um santo antônio iluminado
e você grita feito um louco

eu digo pra você calar a boca
não, eu tento ser doce,
e digo pra você contar até dez
mas você diz que eu não mando em você

sexta-feira
combinamos de ir a uma festa, dançar muito
mas você muda de ideia e sai pra beber
com seus amigos chatos

eu falo pra você
que depois do seu encontro
vamos nos encontrar
dormimos

sábado
a gente almoça aquele almoço enfadonho
e eu falo dos seus chatos não-amigos
e você volta a gritar feito louco

venho pra casa
trabalhar
em vez de cantar
e espantar os males

meu deus
onde nós estamos com a cabeça
pra, em vez de curtir,
enlouquecer?

domingo
vou acordar com fome da comida
que eu não almocei no sábado
com azia de quem jura estar esperando nenê
com o tédio típico das pessoas loucas

e você vai virar e dormir.

da sola ma felice

eu não vou mais machucar o nariz com tampas de
bic estouradas
nem vou ter de compartilhar minha internet
vou ter dois telefones só pra mim
e quem sabe uma banheira
a casa vai ser vazia (e fria)
e eu vou sentir saudades do que eu não tinha mais:
calor amor e o teu peso sobre o meu corpo
eu vou calcular quanto sobrou no fim do mês
vou me libertar
das cuecas jogadas no meu caminho
e do teu mau humor
unhas roídas
cara feia
bico gigante
salve, salve
que venha o que tem de vir
o fim

sobre fins e inícios

você me disse
que tantas coisas iam mudar
e depois de três cervejas
e muito chorar e falar
eu sei o que você quis dizer

o fim vai chegando
e com ele
vários inícios

nem me assusto
nem me canso
só constato

será que vai vir o frio na barriga
o medo
as pernas moles?

nossa,
sinto certeza
muita certeza
do que está por vir

não vou ser super mulher
nem vou gargalhar alto
só vou aceitar
o que é inevitável
e viver
(para Roberto Cirani)

às vezes a tristeza

ontem acordei cedo demais
e mau humorada demais
tomei um banho morno
e prometi ficar bem

hoje acordei às cinco
a garganta doendo
e o filho chorando

ele nem dormiu depois
choramingou no meu colo
por uma hora na escola

saí e o ouvi chorando
e não fui andar
porque a garganta doía
e não dava mais tempo

a nova empregada fez o almoço
e meu filho comeu muito da comida dela
mas depois demorou
quase uma hora para dormir

depois de dormir muito
comeu muito
e riu e brincou
e na hora de dormir, às sete e meia,
ele chorou até as nove e eu também

despedida

ai que bom que é chegar
ouvir português
tomar café de verdade
ver a moça limpando o chão com pano e água
e a outra pedindo moeda com doçura
tirar dinheiro do banco que eu sei a senha
sentir o cheiro do calor
ver doces maravilhosos à venda no aeroporto
e não precisar falar nada na imigração
fazer xixi e a descarga não ser automática
ver gordas de minissaia
e cabelos mal alisados em mulheres felizes
deixar meu filho sem meias
e ver o sol lá fora
com cor de brasil
ai que bom que é saber que o josé só vai escutar
português
e vai ver a márcia
a cris
a marli
a vó lia
a vô clemente
a dani
o duda
o bernardo
a goretti
e a íris

e vai comer frutas brasileiras
e vai brincar com crianças brasileiras
que não falam "eu tenho *stickers* na minha mochila"
ai que bom que é pisar nesta terra
e mesmo sabendo que vai ter dor
nesses dias de janeiro
a dor vai ser quente
úmida
que bom que é ver moscas
e vidros com jato de areia no café
uma coisa tão *kitsch*
nos eua
e tão brasileira aqui
ai que bom que é sair do avião
com o josé cansado
eu e o tomás suados
e pensar que isso é brasil

(para Clemente Greco, *in memorian*)

precisamos conversar

não queria acordar
e dar de cara com o teu silêncio
oh yes, precisamos conversar
você chega e sai de casa
sem dizer oi nem tchau

meus esforços para levantar diariamente têm sido
sobre-humanos
parece que meus "I'm sorry" não significam muito
pra ti
emagrecer é difícil
beber pouco também
não fumar é quase impossível

aí eu tento não parecer esse monstro que tenho
sido pra ti
culpa minha,
tu tão longe
tão quieto
não consigo ver o teu amor

cortar o cabelo
me deixa feliz por um dia
pintar as unhas,
por outro
mas os dias são muitos

eu não ando cansada
eu ando exausta
mas acho que isso não deve explicar meus atos
loucos
na verdade, não foi ciúme, foi loucura
e falta de amor

casamento

tudo fica pesado
minha cabeça
minhas ideias
a lembrança da noite passada
minha vontade de não sentir tanta coisa
socorro
quem vai me tirar daqui?
quem vai me fazer dormir?
quem vai me fazer esquecer?
tudo tão pesado
nossos lábios nossas mãos
estamos atolados

gelatina

gelatina sabor "qualquer vermelho" *diet*
derretida no chão da cozinha

,

no fucking chilled wine in the fridge

,

e você coça o saco
e me mostra o seu pau duro
e diz que quer me comer

,

e faz barulhos ridículos
e me enche o saco

,

pode bater punheta
eu não vou dar pra você.

mais uma vez mil vezes

mais uma vez eu me sento no mesmo café e
mais uma vez acho impossível não escrever
mais uma vez vou a uma reunião vestida de mundo
corporativo e
mais uma vez isso não me incomoda

mais uma vez sinto frio na barriga e
mais uma vez eu preferia não estar onde estou
e sim tomando banho de mar
na república dominicana

mais uma vez meu querido vem e
mais uma vez meu querido me assusta e
mais uma vez eu tenho medo
de não trabalhar decentemente

mas mais uma vez sei que tudo
pode ser uma viagem e
mais uma vez pressinto coisas novas e boas e
mais uma vez agradeço por um pé na bunda
e seja o que deus quiser

sabedoria popular

"se ela não bebesse, ela arrumava uma pessoa legal.
mas ela bebe."
numa rua escura, andando pra natação, sexta-feira,
5/6/96

trânsito

“a gente pensa que vai andar e fica preso em todo lugar.”

mãe falando com filho pequeno dentro do ônibus, linha vila paiva, 13/3, 18h45

dúvida

"esse ônibus não tem fim, é circular."

resposta do cobrador à minha pergunta, sobre onde era o fim da linha do ônibus.

animais

"devagar, senão vamo perdê a ferradura, pessoal."

grito de um passageiro saindo do vagão do metrô na estação sé, 29/2/96, quinta-feira, 17h30. eu tinha esperado 5 trens e entrei do 6º (ou 7º?) no paraíso.

caminhos

— aonde a senhora vai?
— pinheiros.
— eu também, disse o motorista à velhinha dentro do trólei que saiu da rua augusta para pegar a al. gabriel monteiro da silva.

oi?

— esse trânsito tá uma merda.

cobrador do trólebus na faria lima, 10/6, 17h, o cara passando por cima da roleta (catraca), só eu de passageira.

onde estás?

"eu tô embaixo do terminal tietê mesmo."

homem falando num orelhão, 19h45, 3/7, puta trânsito por causa de vários acidentes, marginal tietê parada. ana não me deu carona, vim de vila raiva (apelido do vila paiva, linha de ônibus horrorosa que me levava do terminal rodoviário tietê até o sbt).

matador

"com todo o respeito de um homem pernambucano, mas que tu é um pedaço de mau caminho... esse teu sorriso mata."

táxi da avenida paulista para o pacaembu, indo pra imobiliária, quinta-feira, 4/7, 11h.

clareou

de repente tudo clareou
parece que a vida está mais leve
e que eu vou pisar com mais força no chão

tenho que olhar no espelho
pra ver a cor dos meus olhos
e a cor da minha cara também

a sensação que tenho é que tudo está mais claro
mais iluminado
minha cabeça por dentro também

impossibilities

why can't men be nice
why can't sex be always good
why most women never drink
why should I never say dirty words?

why should I dress beautifully
why do I always want to be understood
why do I find all my friends dull
why am I always unsatisfied

why do I always find a fancy man with whom I'd
like to go to bed
why do I always think of having five children
why are my ideas always so different
why do I always find the world incompetent?

why is life so hard
why are men so freezing
why am I so histerical
and why my friends are always faraway?

convicções

há tantos anos eu quero casar contigo
ele me disse, podre de bêbado
mas você só me conhece
há oito meses, eu disse
e ele riu e continuou convicto

eu não queria casar
só queria chegar em casa
tomar banho
sem falar com ninguém
e dormir sozinha

mas em vez disso
um namorado emburrado
me olha sério e
diz que estava me procurando
eu, triste, dou uma risada infeliz

'gauchos'
(fala-se gáutchos)

aqui é cheio de 'gauchos' e todos parecem felizes
as pessoas vão andando pra praia
carregando suas cadeirinhas
com biquínis grandes e bundas idem
bonés feiosos e lindos sorrisos nos rostos
velhas gordas me veem molhada, andando pra casa
e perguntam se a água tá boa (ou gelada?)
velhos vizinhos de bengala riem
e perguntam se eu sou "a de são paulo"
garotos gritam a partir das sete da manhã
ó a zero hooooooooora
oferecendo na porta da casa o jornal do dia
e sorveteiros tocam cornetas no início da tarde
embalando a siesta
o pão sai daqui a dez minutos "porque o padeiro se atrasou"
me diz, sem vergonha, o menino da padaria
e as empregadas vêm trabalhar animadas em suas bicicletas
e aceitam comer na mesa conosco
as maravilhosas comidas que só a gente daqui sabe fazer
e eu, gaúcha,
me sinto quase em casa
quando estou aqui

dois dias antes

as dores do coração ainda não passaram, mas aliviaram. acordo cedo e corro e trabalho e vou ao cinema ver giulietta masina para esquecer.

felicidade

I AM HAPPY. a beautiful man is in my bed and I like him.

inacabado

se eu pudesse, ia desistir
de ser uma boa moça
ia parar de trabalhar e ficaria gorda feito uma porca
e só ia tomar banho quando fedesse muito

se eu pudesse, eu não teria um namorado, mas
muitos,
tesudos,
que me tratassem bem
e que gostassem muito de trepar

se eu pudesse, eu nunca mais choraria de dor
só de prazer
nunca mais faria supermercado para dois
só para um

se eu pudesse eu pararia
não seria mais católica
nem gaúcha
nem do bem

se eu pudesse
desistiria de tudo

cotidiano

ele acorda com sono
reclama que não dormiu muito
diz que tá cansado e, babando,
vai trabalhar.

à noite ele dorme loucamente
e até me abraça quando eu chego
e me beija e me lambe
e aperta o corpo dele contra o meu.

e, no outro dia, a mesma coisa.
ele é um homem que gosta de trabalhar e dormir.

humpty dumpty

eu te mandei embora
faz tanto tempo
acho que doze anos
mas você nem foi
vive aqui perto do meu coração
como uma assombração
eu esperando algo de bom
você mais morto que vivo
sem forma
sem afeto
sem nada
eu fiquei com as duas crianças
pra criar sozinha
ninar sozinha
limpar sozinha
cuidar sozinha
e você se foi pra perto
como uma sombra
um monstro de pesadelo infantil
você não some
não paga a educação dos seus filhos
tampouco os educa
você gordo os quer gordos
com batatas fritas gordurentas
sorvetes industrializados
e latas de coca-cola
como se isso fosse amor

sacolas de chocolate na páscoa,
sim, sacolas,
e as crianças abandonadas
sem o pai pra nada,
lição escola férias cinema
cadê você?
só ficou a sua sombra grudenta e disforme
ao lado do meu coração
mas como você bem sabe
quando a luz foca na sombra
a sombra se vai
e eu sigo perdulária
trabalhando e cuidando das nossas crianças
olhando pra dentro de mim
e pra dentro delas também
eu te agradeço por ter achado que me amava
e por ter desejado ter filhos comigo
mesmo desistindo
do projeto depois
eles iluminam o meu caminho
nas noites mais escuras,
me aquecem no frio gélido dos pampas
e acolhem a minha dor
que me rasga inteira da cabeça aos pés
eles não sabem, mas sentem
que uma mãe sozinha é como o humpty dumpty
tentando colar os próprios caquinhos

pra ficar inteira e poder criá-los
sigo mesmo sendo só uma metade
afinal filho só vem
quando existe um pai e uma mãe.

a saia muito justa

meu caro
estou tonta
porque trabalhei demais
chove barbaridades
e eu penso no telefonema
grande surpresa
ouvir tua voz assim, no meio da tarde de uma
sexta-feira
e você pergunta
se pode ligar
se pode escrever
como não?
fiquei feliz, tão feliz
e quando desliguei o telefone
minhas pernas tremiam
e minha cabeça dava voltas
e eu tive de contar até dez pra seguir trabalhando
fico pensando em como será
quando você estiver por perto
vou poder te ver tocar sentir
e acho que vamos dar risada
e ver no que tudo isso vai dar

quebra-cabeça

a vida às vezes parece não passar de uma tramoia
de deus
vida quebra-cabeça
que eu montei

mira

ele vem e me olha
eu fico na minha
ele olha mais
e me engole
dou um beijo
ele me prende
me beija
e não me olha
eu olho e ele murmura um "o que é que foi?"
e tenho que explicar que estou só olhando
ele quer saber se é bonito
nem digo nada
agora ele já se foi
sinto o cheiro que ficou
no corpo e na cara
que ele já nem lembra
enquanto fico olhando o sol se pôr

declaração juvenil

baby,
sol, maconha, cerveja,
uma moleza,
uma vontade de ver você,
uma loucura incontrolável
uma constante na cabeça: tu.

poeminha

há anos
não escrevo
antes eu passava mal
e escrevia
muito

um dia
disse pra um editor:
eu escrevo
e ele respondeu:
eu não publico

bobagem

um dia um astrólogo me disse que eu viajaria muito
que me casaria com um gringo
que uniria as pessoas via sabedoria
nunca acreditei

depois descobri que minha mãe
tinha esquecido
a hora em que eu nasci
não era às oito, mas quase ao meio-dia
que bobagem

a morte do bukowski

tudo por causa do john fante.
charles bukowski morreu
e eu tive de fazer a matéria

já era tarde e eu cansada,
o editor dizia pra eu andar logo
porque queria ir embora

mas o bukowski tinha morrido!
eu fiz a merda do texto e cortaram
porque o bukowski não ia gostar de ser lido por
famílias

e hoje eu comecei a ler john fante
e me apaixonei.
tudo pode causa do bukowski.

saúde!

se eu pudesse escolher
eu preferiria que não existissem os desencontros
amorosos.
tolice minha,
mas eu queria
nunca precisar dizer
"não te amo mais".
mas como isso é inevitável,
tim-tim!

outro dia

de novo caí no welsh pony
de novo acendi um cigarro
de novo senti um vazio
de novo não senti fome
de novo não tenho dinheiro
de novo oxford tá cinza
de novo suspiro
de novo sinto vontade de acender outro cigarro
de novo penso
de novo me lembro que tô ficando magra
de novo o amor tá em baixa
de novo tô escrevendo
de novo tô amando
de novo sei que não tô amando
de novo *nonsense*
de novo esse *pub* e eu sei que o sal vai vir aqui
de novo vou sentir aquele cheiro bom e
de novo a língua dele vai entrar na minha boca e
de novo lembro que a dor me impulsiona
de novo queria ficar sozinha
de novo o medo
de novo o não saber
de novo lembro que tô na inglaterra
de novo escrevendo
de novo sem saber nada.

tchau, baby,

às vezes eu tenho medo de não ouvir que tu me
amas
e medo do teu silêncio
achei bom tu teres me esquecido ontem
(ou não ter ligado e não estar em lugar nenhum)
mas fico meio desconfiada,
porque quando te encontrar tu não vais querer
fazer amor – porque estás cansado
e amanhã tu tens que acordar cedo.
parece que tu te fechas num lugar e ninguém entra lá
e enquanto eu queria ouvir alguma coisa
eu fico quieta esperando
e tu querendo que eu fale alguma coisa
e essa temperatura morna me deixa impaciente.
eu não tinha aula e nem te falei,
e fiquei sozinha em casa comendo a melhor massa
do mundo sem pensar em nada
até dormir.
o medo que eu tenho tu não tens porque tu sabes
do meu amor
e é claro que também sei do teu,
mas eu odeio tudo que é mais ou menos
e acho que eu sou mais ou menos pra ti.
tu vais achar de novo que eu tô gorda
e eu vou suspirar e dormir contigo de conchinha e
sem tesão.

aí eu vou dizer mil vezes que quero casar e tu vais
dizer
que não dá, que tu não sabes, que não há dinheiro
e que a gente não tá preparado nem equilibrado pra
isso.
eu vou pra casa
com a minha vontade de te ter enroscado em mim
que começa de manhã e não acaba no dia seguinte.

não vou sentir nada

um bar
várias cervejas
risadas
e vontade de você

e no outro dia
foi muito bom
mas eu queria sentir alguma coisa
mais forte do que fome, sono e dor no braço

quem será a próxima vítima?
o escracho me protege
de sentir
(qualquer coisa)

devagar

tenho medo
de amar
de rachar meu coração
que sempre foi tão frágil e eu nunca soube

queria gritar um pouco
e tomar banho numa cachoeira
e chorar
e beijar com delicadeza
e te amar devagarinho

desconforto

sinto um conforto quase estranho
o dia tá morno
abafado
com mormaço
e eu NÃO acho desagradável
e sim gostoso
um bom humor numa sexta-feira à tarde
que também é estranho
por que será que o conforto às vezes
é tão desconfortável?

buraco

a autotraição
é sim a pior de todas
nos amores e nas amizades
há o perdão e o fim
mas quando a dor
vem de dentro
toca mais no fundo
e abre um buraco maior
que sangra mais, muito mais.

o bife

meninas loiras gostosas
se encostam no balão
pra predir *frozen yogurt*
enquanto homens,
muitos,
falam e comem
e bebem coca-cola

o cheiro de comida
me tenta
e sem o meu relógio (que ficou no conserto)
não sei se minha amiga
atrasou dez ou trinta minutos

bem passado?
mal passado?
como as discussões são limitadas
num restaurante
ao meio-dia de uma quarta-feira!

anjo

um lindo homem
de olhos claros
e muito azuis
e sorriso franco
vai aparecer
diante dos meus olhos
em poucos dias

(eu não devia chamar de anjo um homem que acha
que a vida não é muito limpa)

a ausência de sentimentos é o que mais
me perturba

please come back

one day
one man
will love me
like a woman

I want you to come back

feijoada

sábado. inverno. ou outono? espero no cabeleireiro. acabo de saber o que eu temia havia muito: meu ex-marido se foi. talvez eu devesse ter acreditado no que o meu sábio mestre tentou me dizer. primeiro, reagi naturalmente. oh god! mas de repente minhas pernas começaram a tremer. não é o fim do mundo é só o fim de tudo que fomos nós (plágio). dor, dor, dor. vontade de chorar. nunca mais terei um beijo daquela boca linda, quente e macia. sim, a separação é como a digestão de uma feijoada: demora e traz inconvenientes. sinto uma tristeza grande, mas, ao mesmo tempo, um alívio por saber que algo que deveria se consumar foi consumado.

amélia

em vez de querer saber de mim
o filho da puta liga e pergunta
se meu humor melhorou.
sim, meu humor melhorou!
lavei muita louça
e muita roupa
e arrumei a zona do quarto
fui nadar
e fui à manicure
e depilar também
e vim trabalhar
sozinha,
sem o mau humor

irresistível

o bigode preto desce paralelo aos cantos da boca,
a camisa não está aberta, mas escancarada, até
quase o umbigo
um anel com uma pedra vermelha
no dedo mindinho
sempre suado
cara de macho irresistível

(para o meu colega de trabalho, ônibus de linha,
19h, 15 de janeiro)

desespero

às seis eu fico mal
enquanto a chuva não vem
e nenhum telefone atende
enquanto eu tento me convencer
de me esquecer de casar

juro cinquenta vezes que vou esperar bem quietinha,
mas tenho que rir desse ridículo,
que é um trem passando rapidamente por mim
com um monte de gente dentro
e eu na plataforma, olhando

esqueci de arrumar as roupas na mala
de comprar o *ticket*
e o trem já se foi

o amante ideal

today I found the ideal lover:
he said that real lovers
don't make love
but sex

+ dor

tenho a nítida impressão
de ter escolhido o caminho mais complicado
o que dá + dor também.

pela primeira vez na vida
choro pela ausência de alguma coisa.
é patético.
falta de amor,
de tesão,
do que já acabou.

a primeira (i)

beijei trepei casei trabalhei separei mudei
agora choro por causa da dor
de ter feito tudo e não ter nada
minhas amigas estão viajando casando parindo
e eu, chorando.

a primeira (ii)

são paulo
come
e consome
o cinza
mais a fumaça
somando a inveja
e o cansaço
eu me acabei.

a primeira (iii)

você não deve ser jornalista
você deve casar
você deve ter filhos
você deve se comportar

e o mundo que se exploda
porque ninguém quer saber
se você está ok
ou se você está feliz

a primeira (iv)

quando vi você
me apaixonei
e lembro do astrólogo
que me disse
que eu ia casar com um gringo
mas quem disse que eu queria casar com você?

(para Henk de Jong)

o ódio

eu choro
porque odeio estar sozinha
odeio chorar sozinha
odeio comer sozinha
odeio ganhar tão pouco
odeio ser ex-fumante
odeio não transar
odeio meu trabalho
odeio sofrer.
é insuportável.

o fim da festa

eu vim pra casa correndo
como se tivesse algo para fazer
uma tristeza rachando o meu coração
e os meus olhos brilhando de dor.

chego em casa na hora do fim da festa
e quando penso que tenho que procurar uma casa
enlouqueço
e não me mexo.

tudo tem dado frio na barriga
e eu não posso abraçar ninguém
nem telefonar pra dizer oi.
porque tudo, absolutamente tudo, provoca dor.

tentativa

como num ato incontrolável (e automático)
minha mão pegou uma caneta
e começou a escrever
numa folha de risco do fechamento do jornal.

parecia automático, mas não era. é a terceira vez
que acontece nesta noite.
talvez seja o retorno
ao meu encontro
ou a diminuição do meu vazio.

hopi hare

o parque era grande
e tinha muita gente
"todos são bonitos"
disse o produtor que organizava a festança

sim, todos bonitos, ricos, brancos e fleumáticos,
um estacionamento cheio de carros importados
pretos, caros, bregas
e se meu amor ler isso
dirá que sou rebelde, que odeio todo mundo

eu pensei que os ricos adorassem não ter de pagar
não para não gastar dinheiro
mas para se achar importante
comer sorvete, tomar café, comer pipoca e ir ao
cinema 3D e na montanha-russa sem pagar NADA
nossa, que importante!
mas eu não sei o que acontece comigo
que eu acho tudo isso uma chatice
e no meio daquele povo bonito branco rico feliz
estava eu, achando tudo o ó

um homem preto aparece e diz para o produtor
nosso amigo
"nossa, que sucesso!" e "que bonito"
e AGRADECE

sim, ele agradeceu
para minha surpresa
porque isso não é coisa de gente rica
que tem dinheiro e com ele (pensa que) compra tudo

mas tem coisa que não dá pra comprar.
como risadas, amigos, simplicidade e a gratidão
do homem preto, meio velho, risonho, bonito, feliz.

isso é coisa que se diga pra um filho?
(o dia em que fui passar férias de julho
na casa dos meus pais)

empregada pra quê, minha filha?
eu acreditei
embarquei pra porto alegre
com meus dois filhos
um carrinho
uma mochila
e deus

e não é que nos pampas
fazia frio
chovia
um filho ficou com febre
depois com a garganta inflamada
depois com várias vomitadas por dia

o pediatra cortou o leite
e ouvi "eu quero leite"
98.560 vezes
eu queria morrer
mas não podia dizer
isso é coisa que se diga pra um filho?

a ajuda dos meus pais não veio
eles esqueciam o neto no banho
ofereciam pipoca no almoço
brigavam com o meu filho
e socavam chupeta na minha filha

ai que vontade de ir embora
mas a diferença da passagem
é de quase trezentos reais

mas pensando bem
que bom que estou longe de são paulo
e não preciso ir à pracinha
nem ao supermercado
nem ser dona de casa
e aqui não tenho marido
não ouço reclamações,
ninguém pra transar
e eu posso enforcar o banho.

porto alegre, 21/jun/2005

longe

o vinho acabou
e eu me nego
a me embebedar com cerveja
fico louca
fico puta
o calor me sufoca
o amor também
queria chutar tudo
e ir-me embora
mas pra onde?

ir pra longe do quê?
de um editor chato
de um salário pequeno
e de uma raiva animal
raiva de mim
da bebida que acabou
do sono que não vem
do relógio que vai tocar
da minha mãe que nunca vai me ligar
longe de tudo
e de mim também

mato

eu busco o meu silêncio
e me enfureço ao não encontrá-lo
bichinhos muito pequenos voam ao meu redor
e grudam nos meus braços e pernas
e entram no meu nariz e boca
o mato é bom e ruim

parando-se

sorte é quando a gente bebe menos
e não fala muita merda,
só um pouco.
às vezes eu queria parar
me
mas eu não consigo ME parar,
porque a energia é incontrolável

depois de muitos meses
eu tive um ataque
um ataque putaria
muitas palavras
para um homem simples e comum

o ar falta e parece que
nunca será suficiente.
se um dia um homem
falar o que eu preciso
eu morro sufocada

te amar
é quase demais
eu não aguento
me aperta
por isso eu chuto
chuto pra longe
os homens que me amam
TODOS

estupidez

é madrugada
e eu me corroo de culpa
por ter bebido
por não ter estudado
por ter gastado muito dinheiro
e dado meus telefones

por que eu não durmo?
por que eu não sossego?
hoje eu conheci coleman
ele é americano
e tem sotaque americano
e uma beleza americana

ele disse que se apaixonou
(pessoas carentes que falam que têm muito dinheiro)
ele disse que é rico
que é piloto da american airlines
que trabalha por *hobby*

eu achei tudo estranho
e, estúpida,
dei meu email e telefone
depois fiquei com medo,
que depois passou

blá-blá-blá

ele reclama que acordou às cinco
ele masca três ou quatro chicletes por vez
e diz que não irá ao parque

ele dirige sem olhar para os outros carros
e canta sem parar
enquanto o filho dele e eu conversamos

ele diz que quer construir uma casa
ahã, penso,
e não acredito

é como se de repente
eu não suportasse mais nada.
nada.

o coração que derreteu por pouco tempo

era uma vez uma menina que tinha um coração duro. um dia, ela conheceu um garoto lindo, com olhos azuis, longos cílios e um belo sorriso. e seu coração começou a amolecer, como se fosse um pedaço de chocolate que, com o calor, começa a derreter e fica molinho.
mas um dia a menina do coração já não tão mole assim se deu conta de que era injusto o gostar (será que isso existe?).
sim, o menino de olhos azuis era apaixonado por ela, mas ela gostava muito de ficar sozinha, o que a deixava angustiada. e então ela disse tchau, e ele chorou, chorou, chorou. e ela acordou com a sensação de que o seu coração estava endurecendo outra vez.

ela me conta que quando o conheceu, teve vontade de ter três filhos com ele. quando ela teve o terceiro filho, fez cirurgia para evitar mais um herdeiro. ela TINHA achado que três era de bom tamanho. porque ela os cria sozinha.

...

o sonho dela é ser mãe. "existem sonhos da vida da gente que não acontecem", me diz, sobre a irmã que ainda não é mãe.

...

ela ficava louca com ele. mas não dizia nada, porque ele era casado. "não sou vagabunda, não sou vagabunda, não sou vagabunda", disse pra amiga quando contou que o havia encontrado. tinha virado um mantra. mas ela seguia sonhando com ele. e isso ela não contou pra ninguém.

...

trago seu amor em seis horas. estava escrito numa placa na av. JK. ela viu, leu e gargalhou.

...

se conheciam fazia anos. um dia se beijaram na boca, e ele disse "vamos namorar?" mas ele já tinha uma namorada. queria duas? ela disse não, e chorou.

...

diante do amor, sexo sem amor é para iniciantes.
luiz felipe pondé, na folha de s. paulo, em 7/8/2012.

são gonçalo

(em são gonçalo do rio das pedras - férias de julho de 2015)

não quero mandar
nem quero obedecer

será que podemos combinar
que cada um fez o que sabe e o que pode?

e que silenciar é melhor que falar sem parar
e que para olhar e escutar é preciso parar e prestar atenção?

juro prometo e tal
que farei o melhor

não sei cadê você
meu amor meu prazer

e mesmo você não fazendo falta
quero mesmo muito te encontrar

livinha

filha para a mãe:
eu não quero que você me dê amor. eu já tenho
amor suficiente
...

— eu quero sono de café da manhã.
— peraí que eu vou procurar no armário.
— mas o sono acabou. usamos todo essa noite!
...

quando fui massagear os dedos da lívia:
meus dedinhos querem dormir, que nem eu.

poeminha da mãe exausta

meu-deus-como-ganho-pouco
como-sou-deselegante
como-falo-mal-de-tanta-gente
como-sou-arrogante
como-estou-gorda
como-tenho-pouca-paciência
como-penso-barbaridades-impublicáveis
como-lembro-dos-amores-acabados
como-desejo-homens-impossíveis
como-sou-tão-louca
como-sou-tão-chata
como-me-sinto-tão-só

cu do mundo

eu rezo todos os dias,
medito quase todos,
mas cada vez menos,
por causa do excesso de trabalho.

eu sei que vou descolar
uma casa no cu do mundo,
onde vai ter comida e bebida,
risada e calor.

entendido

tenho saudades do que não vivi. e espero nunca tentar explicar isso pra ninguém.

fé

rezo para a vida me dar a calma necessária para poder rir todos os dias.

yay!

às vezes a tristeza é tão grande que até a fome vai embora. e eu sei que isso é um treinamento para aguentar as alegrias. sim, porque só quem morre de tristeza pode morrer de alegria.

comparação

é engraçado
como a feiúra
e o medo
são minúsculos
quando comparados
à beleza
e ao amor.

será?

às vezes acho que os anjos tiram sonecas longas
e acabam esquecendo de cuidar da gente aqui na
terra.

querida mãezinha

eu não escrevo porque gosto
eu escrevo porque preciso
não sei de onde tirei essa foto
eu a encontrei na tua casa e trouxe pra mim de
presente
fica num altar que não é altar
com o santo antônio,
uma toalha de crochê roxa que a madrasta das crianças
me deu quando ainda trocávamos presentes e gentilezas,
tem o mala tibetano do josé
fotos das crianças
e a nossa senhora do perpétuo socorro, que eu
achava que era uma representação grega de maria,
veja que doce ignorância!

você nunca gostou de nada de mim - talvez só da
minha cicatriz,
do corte que abriu uma segunda boca na minha
boca quando eu tinha cinco anos.
então não me preocupo em agradar
aliás nunca te agradei
mas eu levo no coração
as lembranças boas, as ruins e as horríveis

hoje faz um ano que tu foi pro céu
e eu ia chamar os amigos
judith guto rubs lu vaninha beto iole renata carlota
camila doriza

todos aqueles trocentos amigos que tu nunca
entendeu
como uma pessoa podia ter tantos amigos e o coração
tão grande?
era a pergunta que eu nunca consegui te responder

fui sozinha à missa
e depois encontrei as crianças
a minha pequena família que tu nunca considerou
uma família
porque faltava um marido

seguimos a nossa vida, a minha pequena família
feliz,
sentimos saudades
rimos mais do que choramos
com as nítidas lembranças que temos de ti.

o silêncio que dói

ele é um homem gentil
que sempre diz o que eu TENHO de ouvir
mas ontem ele falou tanto
que à noite eu acordei
e choraminguei de dor

uma obra fazia doer os meus ouvidos
e as palavras dele
faziam doer a minha alma
acordei cheia de coragem
determinada a ficar em silêncio
por fora (mais fácil)
e por dentro (o silêncio que dói)

ele diz que eu pareço reclamar de tudo
o tempo todo
com senso de humor
pra disfarçar
mas hoje saí da cama
sem o disfarce

(para Herval Flores)

o ar rarefeito

sem sono
sem ar
e de repente eu era
uma panquequinha
virando de um lado pro outro
na minha cama

achei que eu ia morrer
de tanto suspirar
de tanto me afligir
e me coçar
de vontade de ti.

ex

você tinha gosto de café com leite
com adoçante
e eu nunca gostei de leite
nem de adoçante

engraçado
depois de tantos anos
vou me deitar pra dormir
e lembro do teu gosto

você era um filho da puta
mimado e prepotente
casou com aquela ex-namorada
e sumiu no mundo

você era lindo e besta
e acho que hoje
eu não teria nada pra te dizer

nunca

fico pensando em ti
na hora de dormir e na hora de acordar
e agora, na hora de trabalhar

lembro da tua risada tímida e alta
e da tua voz forte e comedida
e das tuas mãos grandes
e dos teus olhos pretos e lindos

penso no teu pescoço
que eu queria ter cheirado e mordido ontem
e nas coisas que eu nunca vou te falar
como "por que será que nos encontramos agora?"

na verdade mais parece um desencontro
porque é tão platônico
longe
impossível

e mesmo assim
eu acho uma delícia
pensar em tudo o que nunca vai acontecer.

o combinado (missa do Vinicius)

então fica combinado
que vamos acreditar no amor
e na sua finitude

fica combinado que o que é bom
será aproveitado
e o que for ruim
será aceito

que vamos nos amar com liberdade
e com alegria

e que vamos levar a sério o que for sério
e vamos relevar o que não for importante

vamos ter respeito
vamos respirar
vamos gozar

e no nosso casamento
teremos pessoas amadas
que nos darão a bênção
e nos dirão

QUE NÃO SEJA ETERNO
POSTO O QUE É CHAMA
MAS QUE SEJA INFINITO
ENQUANTO DURE

amém

algodão

eu acordei macia
por dentro e por fora
e também contente
rindo à toa

assim é que é
um dia diferente do outro
sem esperar nada
nem fazer nada

lentidão e delicadeza
e uma gratidão
que se espalha

(para Jangchub Reid)

Botucatu, 20 de julho de 2018

Sumário

Alameda nas redes sociais:

Site: www.alamedaeditorial.com.br
Facebook.com/alamedaeditorial/
Twitter.com/editoraalameda
Instagram.com/editora_alameda/

Esta obra foi impressa em São Paulo no inverno de 2019. No texto foi utilizada a fonte Minion Pro em corpo 10 e entrelinha de 15,25 pontos.